La Estrella de Navidad

De Sanja Mach

Ilustradora Anastasia Besedina

Póngase en contacto con el autor a través de su correo electrónico sanjamach@yahoo.com

Revisora lingüística Nena Milardović
Editado por Belén López Guerra
Auto publicación
Impresión bajo demanda

ISBN 9798366196710

Este libro pertenece a:

La Estrella de Navidad

De Sanja Mach   Ilustradora Anastasia Besedina

Split, 2022

Cuando mamá gritó a todo pulmón «¡Está nevando!» esa mañana de Nochebuena, sus cuatro adorables hijos saltaron de sus camas calentitas y salieron corriendo hacia la ventana más cercana de sus habitaciones para asegurarse de que no era uno de los trucos de su madre para que se levantaran. Como esto no era suficiente, todos bajaron las escaleras corriendo para ver si realmente estaba nevando.

Se pusieron contentísimos cuando vieron que ya había caído tanta nieve que cubría la copa de los árboles cercanos y los tejados de las casas de sus vecinos. Un manto blanco cubría todas las calles hasta donde les alcanzaba la vista.

Todos estaban rebosantes de felicidad porque, en este pequeño pueblo de montaña, hacía cuatro largos años que no nevaba en este día.

Apretando sus naricitas contra las ventanas, se fijaban en cada detalle blanco que ya no tenía ni su forma ni su color original.
«¡Vamos fuera!», gritó uno de ellos. «¡Primero hay que desayunar!»
«Ohhhh…» Los niños fruncieron el ceño, disgustándose todos a la vez por la respuesta de su madre.

«No os pongáis tristes. ¡Esperad a ver lo que os he preparado para el desayuno! Mamá sonrió misteriosamente. Para su sorpresa, mamá había hecho todos sus desayunos favoritos: gofres; donuts y magdalenas. Y por si esto no fuera suficiente, añadió leche caliente con chocolate para que entraran en calor.

En cuanto pudieron, se abrigaron, se pusieron unos guantes gruesos y gorros de lana y salieron volando. Al principio, se estuvieron tirando bolas de nieve, luego hicieron ángeles en la nieve y, cuando se cansaron, finalmente decidieron hacer un muñeco de nieve. Holly, la más pequeña, había estado fastidiando a su hermana y al resto de sus hermanos mayores durante toda la mañana porque eso era lo que quería y, cuando por fin llegó el momento, no podía parar de saltar de alegría.

Primero hicieron una bola grande. Luego pusieron otra más pequeña encima y finalmente una tercera bola aún más pequeña, para la cabeza. Elizabeth, su hermana mayor, decidió ir a casa a buscar unos botones grandes en una caja de costura. «¿Puedo poner yo los botones?», dijo la pequeña Holly. Después de colocárselos en la cara y en el cuerpo para hacer un abrigo imaginario, mamá salió de casa y le puso la zanahoria más grande que habían visto como nariz y dos trozos negros de carbón para los ojos del muñeco de nieve.

Los niños no tenían ningún gorro de sobra, así que le pusieron un viejo cubo de metal en la cabeza. Thomas, el hermano gemelo de Holly, le prestó una bufanda azul calentita. Joseph, el más alto de los cuatro, trajo del bosque más cercano unas ramitas perfectas para las manos del muñeco de nieve. Holly encontró un par de guantes morados en los bolsillos de su abrigo y se los puso con cuidado en las manos.

«Ahora vamos a comer, y deberíais calentaros antes de que cojáis frío». Mamá estaba un poco inquieta.

El resto del día lo dedicaron a prepararse para la misa del gallo, pero la pequeña Holly solo pensaba en salir a jugar con la nieve.

Estaba tan emocionada porque, a pesar de que habían vivido en las montañas desde que nació, nunca había nevado en Navidad y para ella, como para cualquier niño, la nieve en Navidad era lo mejor que podría suceder.

«Mamá, ¿puedo salir?» preguntó Holly. «¡No, cariño; ya es de noche ahí fuera y hace muchísimo frío!» «Por favor, solo un ratito». «No, cielo». «Pero, desde que nací, no había nevado nunca, y quiero jugar con la nieve». «La nieve seguirá aquí mañana y, si quieres jugar, sube arriba y juega con tus hermanos». Holly gruñó, pero obedeció, murmurando algo para sí misma mientras subía las escaleras.

Enseguida llegó la hora de acostarse y, después de lavarse los dientes, mamá les leyó un cuento antes de dormir. Cuando se aseguró de que los demás niños estaban dormidos, Holly bajó de su litera y apretó su nariz contra la ventana, esperando ver el muñeco de nieve. Pero, en su lugar, vio la Estrella de Navidad sobre los tejados y los árboles, brillando en el cielo de medianoche.

Juntando las manitas y apretándolas muy fuerte susurró: «Querida Estrella de Navidad, para la mañana del día de Navidad solo tengo un deseo y no es ni un juguete nuevo ni un estuche nuevo. Con todo mi corazón te pido que hagas que mi amigo el muñeco de nieve cobre vida». Después de terminar su oración, volvió a su cama calentita, acurrucándose junto a su osito de peluche. «¡Ah, eso sí que sería un buen regalo!», fue el último pensamiento que pasó por su mente antes de quedarse profundamente dormida.

«Oye, ¿adónde vas corriendo tan temprano?» preguntó mamá a Holly cuándo se tropezó con ella mientras corría por la casa. «¡Voy fuera!» «¿Y qué pasa con los regalos?» añadió papá, desconcertado por la reacción de Holly. «No los quiero», dijo, llena de confianza «¡Le pedí a la Estrella de Navidad que el muñeco de nieve cobrara vida y sé que lo hará realidad!»

Mamá y papá intentaron tranquilizarla. Al no lograrlo, el resto de la familia trató de convencerla de que su plan era una tontería, pero Holly seguía insistiendo. Se puso su gorro de lana y unas botas calentitas, y salió corriendo. A los demás ni siquiera les dio tiempo a vestirse, así que solo se pusieron los abrigos.

Cuando llegaron al lugar donde debería estar el muñeco de nieve, se sorprendieron al ver que solo había dos conejos blancos y algunos pajaritos saludándolos. En el lugar donde había estado el muñeco de nieve el día anterior, encontraron un rastro en la nieve como si fueran huellas en forma de círculo. Detrás de algunas de estas grandes huellas circulares, observaron lo que parecía un botón negro; y después de otras cuantas huellas, otro botón. Todos continuaron caminando, siguiendo las huellas, sin poder creer lo que estaban viendo. No daban crédito, lo vieron sonriendo en el bosque, rodeado de criaturas silvestres.

Todo el invierno transcurrió entre divertidos juegos con el muñeco de nieve, al que llamaron Jumpsy. Montaban en trineo y esquiaban juntos, pero, más que nada, a los niños les encantaba que los animales del bosque también jugaran con ellos.

Mamá y papá estaban preocupados porque sabían que, en cuanto llegara la primavera, la nieve se derretiría. Intentaron preparar a Holly para ello de varias maneras, pero Holly no quería ni escuchar que algo tan terrible podía pasar. Y, de todos modos, les aseguró que tenía una solución si esto llegara a suceder.

Como temían, con los primeros días cálidos Jumpsy comenzó a derretirse, así que Holly, con la ayuda de su hermano Thomas, buscó un barreño grande de color verde y les pidió a sus padres que lo llevaran a la colina cerca del bosque donde Jumpsy solía pasar tiempo en compañía de muchos animalitos salvajes. El muñeco de nieve hizo lo que le dijeron cuando le pidieron que saltara adentro del barreño.

A la mañana siguiente, los niños encontraron el barreño lleno de agua en la que estaban el viejo cubo de metal y los guantes, mientras que en el fondo estaban los botones y la bufanda mojada.

Aunque todos sabían que esto podría pasar, no esperaban que realmente sucediera, ya que él era especial.

Los niños decidieron guardar el agua hasta el invierno siguiente.

Las estaciones cambiaron y, como cada año, volvió el invierno y, con las primeras bajas temperaturas, el agua que habían guardado y cuidado con cariño todo este tiempo se congeló.

«¿Y qué vamos a hacer ahora?», dijo Holly, absolutamente aterrorizada por la idea de no poder hacerlo de nuevo. «Era de esperar que el agua se convirtiera en hielo y no en copos de nieve», dijo Elizabeth, un poco molesta.
«Bueno, no podemos volver a hacer un muñeco de nieve con hielo», añadió Thomas, «pero podemos derretirlo y usar el cañón de nieve* en las pistas de esquí para hacer copos de nieve», dijo Joseph, el hermano mayor.

Después de acordar que esta era la mejor solución, los jóvenes pidieron ayuda a sus padres. Derritieron el hielo y conectaron el agua al cañón de nieve.
Cuando los copos de nieve comenzaron a salir del cañón, los niños los atraparon con cubos y de esta manera lograron recoger todos los copos que salieron.

Llevaron la nieve delante de su casa y la convirtieron en un muñeco de nieve. Le pusieron el viejo cubo de metal y los mismos botones negros, los guantes y la bufanda. Mamá consiguió una zanahoria nueva y papá añadió dos trozos redondos de carbón. Aunque era el mismo, Jumpsy no se movió.

Los niños se sintieron desamparados. Papá los abrazó y mamá trató de consolarlos con sus palabras. «¡Lo habéis intentado! Eso es lo más importante, ¿no?» «¡Pero hemos hecho lo mismo que la primera vez!» Los niños estaban realmente tristes.

* Vea el final de la historia en «Datos curiosos».

«Holly, vamos dentro», dijo Thomas, después de que los demás hubieran vuelto al calor de la casa. «No, esperaré un poco más», respondió la niña. «Vale», dijo su hermano, decidiendo unirse a los demás.

Finalmente, Holly decidió que era hora de aceptar que el muñeco de nieve no cobraría vida como la Navidad anterior. Se acercó para abrazarlo y besarlo mientras decía «ha sido un placer conocerte», antes de alejarse de su amigo nevado para volver a casa.

Entonces, escuchó una voz familiar que la llamaba por su nombre. Sorprendida, Holly se giró y Jumpsy le sonrió lleno de felicidad, haciéndola gritar a los cuatro vientos: «¡Papá! ¡Mamá! ¡Todos! ¡Venid rápido!»

Todos salieron volando de la casa y abrazaron a su amigo con alegría. «¡Lo conseguimos!» Thomas gritó. «No lo dudamos ni un segundo», añadieron papá y mamá felices, ya que ellos también tenían en sus corazones la esperanza volverlo a ver.

Después de intercambiar abrazos, Jumpsy preguntó alegremente: «¿Y qué habéis hecho mientras yo no estaba?»

Holly respondió: «¡Tenemos mucho que contarte!» Los niños se solapaban entre sí al contar todo lo que les habían sucedido a lo largo del año. Jumpsy se río efusivamente con ellos, disfrutando junto a sus amigos.

Datos curiosos

El camachuelo euroasiático

El camachuelo euroasiático es un ave muy llamativa, con la parte de arriba de la cabeza — denominada píleo — negra, y, los machos, con plumas de color rojo oscuro tremendamente vivo en las mejillas y el pecho (las hembras son un poco más sencillas, con el mismo píleo negro, pero con las plumas del pecho de color rosa más claro). No obstante, a pesar de sus colores, pueden ser bastante tímidos y un poco difíciles de encontrar.

Al igual que el petirrojo europeo, que a menudo aparece en nuestras celebraciones navideñas, la mayoría de los camachuelos son aproximadamente del tamaño de un gorrión, por lo que no son muy grandes, aunque son corpulentos y tienen un pico fuerte para abrir semillas. ¡Y están llenos de vida! Sin embargo, no cantan mucho, silban con un canto simple, ligeramente sibilante, pero bastante cautivador, cuando se comunican entre sí a través de los densos setos en los que viven.

En primavera, les encanta comer las yemas florales de los árboles frutales, y esto les ha causado muchos problemas en el pasado con los agricultores. A parte de esto, son felices comiendo bayas, frutos rojos y, por supuesto, semillas. Cuando están alimentando a sus crías, desarrollan una especie de bolsas en la boca para ayudarlas a llevar la comida a sus nidos.

Lo más bonito de los camachuelos es que se emparejan de por vida, a diferencia de muchas otras aves. Así, cuando los ves, a menudo verás al macho y a la hembra juntos, como pareja.
No uno sin el otro.

Liebres

Las liebres son criaturas divertidas que en realidad no son tan pequeñas. Pueden pesar hasta 5 kg, su cuerpo puede llegar a medir hasta 75 cm de largo y su cola puede llegar a los 11 cm. Una liebre es más grande que un gato. Tienen las patas traseras largas y musculosas mientras que sus patas delanteras son cortas. Las liebres pueden saltar a una velocidad de hasta 65 kilómetros por hora, gracias a su impulso y a su capacidad para cambiar de dirección rápidamente cuando huyen del peligro. Tienen las orejas largas y unos grandes ojos saltones situados a los lados de la cabeza, lo que les da una visión panorámica para ayudar a detectar depredadores. Incluso pueden ver por encima de sus cabezas.

Al contrario de lo que normalmente se cree, no todos los conejos cambian su pelaje en invierno. Las liebres europeas mantienen el mismo color durante todo el año, mientras que las liebres americanas, árticas y de montaña cambian su color de marrón o gris a blanco. Lo hacen para camuflarse mejor en su entorno invernal, a menudo cavando madrigueras para refugiarse en la nieve. Las puntas de sus orejas se quedan más oscuras siendo la única parte que las delata bajo la cubierta de nieve. En primavera, las liebres luchan entre sí como en un combate de boxeo, poniéndose sobre las patas traseras y golpeándose con las patas delanteras.

Se pensaba que estas luchas eran exclusivas de los machos, pero ahora se sabe que los participantes son a menudo hembras que se defienden de la atención de los machos.

Cañón de nieve

La primera máquina para fabricar nieve se inventó en 1934. Estaba destinada a las necesidades de la empresa Warner Bros, pero a veces la usaban para ceremonias y eventos especiales.

Pasaron muchos años antes de que se inventara el primer cañón de nieve tal como lo conocemos hoy. Este se utilizó por primera vez en 1952. La nieve artificial no se utilizó de manera extendida hasta la década de los 70. Hoy en día, sin embargo, muchas estaciones de esquí dependen en gran medida de los cañones de nieve, ya que no hay tanta nieve en muchas de ellas.

Lo emocionante es que usan agua y aire helado que salen a través del tubo para hacer nieve. Anteriormente, la calidad de la nieve dependía del conocimiento de la persona que estaba detrás del cañón, pero hoy en día todo está controlado por ordenadores.

Sobre la ilustradora

Besedina Anastasia nació en Moscú, Rusia.

Desde temprana edad le encantaba el arte y, por ello, se graduó en Artes
Aplicadas en el Colegio de Arte de Moscú, con un título
en pintura artística.

Su pasión es pintar todo relacionado con la naturaleza, aunque que la
creación de retratos también le produce un gran placer.

Además, aprovecha cada oportunidad para hacer ilustraciones
de libros como este

Sobre la autora

Sanja Mach nació en Split, Croacia, el 6 de junio de 1980. Se graduó en la Universidad de Split, en la carrera de Economía.

Sanja es madre de Frane (14) y Anja (10), que son la razón por la que descubrió la escritura creativa y su amor por la narración de historias.

Escribe ficción y cuentos para niños.

Esta es su sexta historia publicada en Amazon.

Además de esto, también escribió El Gecko curioso, Emma, La multitud en el océano y ¿Quién es Esperanza?.

Algunos de sus libros están disponibles en otros idiomas.

Fin

81933589R10021